大活字本

怪談

小泉八雲

ぺんで舎
Silver
シルバー文庫

目次

貉

　東京の、赤坂への道に紀国坂という坂道がある――これは紀伊の国の坂という意である。何故それが紀伊の国の坂と呼ばれているのか、それは私の知らない事である。この坂の一方の側には昔からの深いきわめて広い濠（ほり）があって、それに添って高い緑の堤が高く立ち、その上が庭地になっている――道の他の側には皇居の長い宏大な塀が長くつづいている。街灯、人力車の時代以前にあっては、その辺は夜暗くなると非常に寂しかった。ためにおそく通る徒歩者は、日没後に、ひとりでこの紀国坂を登るよりは、むしろ幾里も回り道をしたものである。

　これは皆、その辺をよく歩いた貉（むじな）のためである。

　貉を見た最後の人は、約三十年前に死んだ京橋方面の年とった商人であった。当人の語った話というのはこうである――

この商人がある晩おそく紀国坂を急いで登って行くと、ただひとり濠の縁に踞（かが）んで、ひどく泣いている女を見た。身を投げるのではないかと心配して、商人は足をとどめ、自分の力に及ぶだけの助力、もしくは慰藉（いしゃ）を与えようとした。女は華奢な上品な人らしく、服装（みなり）も綺麗であったし、それから髪は良家の若い娘のそれのように結ばれていた――「お女中」と商人は女に近寄って声をかけた――「お女中、そんなにお泣きなさるな！……何がお困りなのか、私におっしゃい。その上でお助けをする道があれば、喜んでお助け申しましょう」（実際、男は自分の云った通りの事をする積りであった。何となれば、この人は非常に深切な人であったから。）しかし女は泣き続けていた――その長い一方の袖を以て商人に顔を隠して。「お女中」と出来る限りやさしく商人は再び云った――「どうぞ、どうぞ、私の言葉を聴いて下さい！……ここは夜若い御婦人などの居るべき場所ではありません！　御頼み申すから、お泣きなさるな！——どうしたら少しでも、お助けをする事が出来るのか、それを云って下さい！」

おもむろに女は起ち上ったが、商人には背中を向けていた。そしてその袖のうしろで呻（うめ）き咽（むせ）びつづけていた。商人はその手を軽く女の肩の上に置いて説き立てた——「お女中！——お女中！——お女中！　私の言葉をお聴きなさい。

ただちょっとでいいから！……お女中！――お女中！」……するとそのお女中なるものは向きかえった。そしてその袖を下に落し、手で自分の顔を撫でた――見ると目も鼻も口もない――きゃッと声をあげて商人は逃げ出した。

一目散に紀国坂をかけ登った。自分の前はすべて真暗で何もない空虚であった。振り返ってみる勇気もなくて、ただひた走りに走りつづけた挙句、ようよう遥か遠くに、蛍火の光っているように見える提灯を見つけて、その方に向って行った。それは道側（みちばた）に屋台を下していた売り歩く蕎麦屋の提灯に過ぎない事が解った。しかしどんな明かりでも、どんな人間の仲間でも、以上のような事にあった後には、結構であった。商人は蕎麦売りの足下に身を投げ倒して声をあげた。「ああ！――ああ!!――ああ!!!……」

「これ！　これ！」と蕎麦屋はあらあらしく叫んだ。「これ、どうしたんだ？　誰かにやられたのか？」

「否（いや）——誰にもやられたのではない」と相手は息を切らしながら云った——「ただ……ああ！——ああ！」……

「——ただおどかされたのか？」と蕎麦売りはすげなく問うた。「盗賊（どろぼう）にか？」

「盗賊ではない——盗賊ではない」とおじけた男は喘ぎながら云った。「私は見たのだ……女を見たのだ——濠の縁で——その女が私に見せたのだ……ああ！　何を見せたって、そりゃ云えない」

……

「へえ！　その見せたものはこんなものだったか？」と蕎麦屋は自分の顔を撫でながら云った――

――それと共に、蕎麦売りの顔は卵のようになった

……そして同時に灯火は消えてしまった。

訳　戸川明三

耳なし芳一の話

七百年以上も昔の事、下ノ関海峡の壇ノ浦で、平家すなわち平族と、源氏すなわち源族との間の、永い争いの最後の戦闘が戦われた。この壇ノ浦で平家は、その一族の婦人子供ならびにその幼帝――今日安徳天皇として記憶されている――と共に、まったく滅亡した。そうしてその海と浜辺とは七百年間その怨霊に祟られていた……他の箇所で私はそこに居る平家蟹という不思議な蟹の事を読者諸君に語った事があるが、それはその背中が人間の顔になっており、平家の武者の魂であると云われているのである。しかしその海岸一帯には、たくさん不思議な事が見聞きされる。闇夜には幾千となき幽霊火が、水うち際にふわふわさすらうか、もしくは波の上にちらちら飛ぶ――すなわち漁夫の呼んで鬼火すなわち魔の火と称する青白い光りである。そして風の立つ時には大きな叫び声が、戦の叫喚のように、海から聞えて来る。

平家の人達は以前は今よりも遥かにもがいていた。夜、漕ぎ行く船のほとりに立ち顕れ、それを沈めようとし、また水泳する人をたえず待ち受けていては、それを引きずり込もうとするのである。これ等の死者を慰めるために建立されたのが、すなわち赤間ヶ関の仏教の御寺なる阿彌陀寺（あみだじ）であったが、その墓地もまた、それに接して海岸に設けられた。そしてその墓地の内には入水された皇帝と、その歴歴の臣下との名を刻みつけた幾個かの石碑が立てられ、かつそれ等の人々の霊のために、仏教の法会（ほうえ）がそこでちゃんと行われていたのである。この寺が建立され、その墓が出来てから以後、平家の人達は以前よりも禍いをする事が少なくなった。しかしそれでもなお引き続いておりおり、怪しい事をするのではあった——彼等が完き平和を得ていなかった事の証拠として。

幾百年か以前の事、この赤間ヶ関に芳一という盲人が住んでいたが、この男は吟誦して、琵琶を奏するに妙を得ているので世に聞えていた。子供の時から吟誦し、かつ弾奏する訓練を受けていたのであるが、まだ少年の頃から、師匠達を凌駕(りょうが)していた。本職の琵琶法師としてこの男はおもに、平家及び源氏の物語を吟誦するので有名になった、そして壇ノ浦の戦の歌を謡うと鬼神すらも涙をとどめ得なかったという事である。

芳一には出世のかどでの際、はなはだ貧しかったが、しかし助けてくれる深切な友があった。すなわち阿彌陀寺の住職というのが、詩歌や音楽が好きであったので、たびたび芳一を寺へ招じて弾奏させまた、吟誦さしたのであった。後になり住職はこの少年の驚くべき技量にひどく感心して、芳一に寺をば自分の家とするようにと云い出したのであるが、芳一は感謝してこの申し出を受納した。それで芳一は寺院の一室を与えられ、食事と宿泊とに対する返礼として、別に用のない晩には、琵琶を奏して、住職を悦ばすという事だけが注文されていた。

ある夏の夜の事、住職は死んだ檀家の家で、仏教の法会を営むように呼ばれたので、芳一だけを寺に残して納所（なっしょ）を連れて出て行った。それは暑い晩であったので、盲人芳一は涼もうと思って、寝間の前の縁側に出ていた。この縁側は阿彌陀寺の裏手の小さな庭を見下しているのであった。芳一は住職の帰来を待ち、琵琶を練習しながら自分の孤独を慰めていた。夜半も過ぎたが、住職は帰って来なかった。しかし空気はまだなかなか暑くて、戸の内ではくつろぐわけにはいかない。それで芳一は外に居た。やがて、裏門から近よって来る跫音（あしおと）が聞えた。誰かが庭を横断して、縁側の所へ進みより、芳一のすぐ前に立ち止った――が、それは住職ではなかった。底力のある声が盲人の名を呼んだ――出し抜けに、無作法に、ちょうど、侍が下下（したじた）を呼びつけるような風に――

「芳一！」

芳一はあまりにびっくりしてしばらくは返事も出なかった。すると、その声は厳しい命令を下すような調子で呼ばわった――

「芳一！」

「はい！」と威嚇する声に縮み上って盲人は返事をした――「私は盲目で御座います！――どなたがお呼びになるのか解りません！」

見知らぬ人は言葉をやわらげて言い出した。「何も恐がる事はない、拙者はこの寺の近所に居るもので、お前のところへ用を伝えるように言いつかって来たものだ。拙者の今の殿様と云うのは、大した高い身分の方で、今、たくさん立派な供をつれてこの赤間ヶ関に御滞在なされているが、壇ノ浦の戦場を御覧になりたいというので、今日、そこを御見物になったのだ。ところで、お前がそのいくさの話を語るのが、上手だという事をお聞きになり、お前のその演奏をお聞きになりたいとの御所望である。であるから、琵琶をもち即刻拙者と一緒に尊い方方の待ち受けておられる家へ来るが宜い」

当時、侍の命令と云えば容易に、そむくわけにはいかなかった。で、芳一は草履をはき琵琶をもち、知らぬ人と一緒に出て行ったが、その人は巧者に芳一を案内して行ったけれども、芳一はよほど急ぎ足で歩かなければならなかった。また手引きをしたその手は鉄のようであった。武者の足どりのカタカタいう音はやがて、その人がすっかり甲冑（かっちゅう）を着けている事を示した――定めし何か殿居（とのい）の衛士ででもあろうか、芳一の最初の驚きは去って、今や自分の幸運を考え始めた――何故かというに、この家来の人の「大した高い身分の人」と云った事を思い出し、自分の吟誦を聞きたいと所望された殿様は、第一流の大名に外ならぬと考えたからである。やがて侍は立ち止った。芳一は大きな門口に達したのだと覚った――ところで、自分は町のその辺には、阿彌陀寺の大門を他にしては、別に大きな門があったとは思わなかったので不思議に思った。「開門！」と侍は呼ばわった――すると閂（かんぬき）を抜く音がして、二人は這入って行った。二人は広い庭を過ぎ再びある入口の前で止った。そこでこの武士は大きな声で「これ誰か内のもの！　芳一を連れて来た」と叫んだ。すると急いで歩く跫音、襖のあく音、雨戸の開く音、女達の話し声などが聞えて来た。女達の言葉から察して、芳一はそれが高貴な家の召使である事を知った。しかしどういう所へ自分は連れられて来たのか見当が付かなかった。が、それをとにかく考えている間もなかった。手を引かれて幾個かの石段を登ると、その一番しまいの段の上で、草履をぬげと云われ、それから女の手に導かれて、ふき込んだ板敷のはてしのない区域を過ぎ、覚え切れないほどたくさんな柱の角を回り、驚くべきほど広い畳を敷いた床を通り——大きな部屋の真中に案内された。そこに大勢の人が集っていたと芳一は思った。絹のすれる音は森の木の葉の音のようであった。それからまた何だかガヤガヤ云っている大勢の声も聞えた——低音で話している。そしてその言葉は宮中の言葉であった。

芳一は気楽にしているようにと云われ、座蒲団が自分のために備えられているのを知った。それでその上に座を取って、琵琶の調子を合わせると、女の声が——その女を芳一は老女すなわち女のする用向きを取り締る女中頭だと判じた——芳一に向ってこう言いかけた——

「ただ今、琵琶に合わせて、平家の物語を語っていただきたいという御所望に御座います」

　さてそれをすっかり語るのには幾晩もかかる。それ故芳一は進んでこう訊ねた――

「物語の全部は、ちょっとは語られませぬが、どの条下（くさり）を語れという殿様の御所望で御座いますか」

　女の声は答えた――

「壇ノ浦の戦の話をお語りなされ――その一条下（ひとくさり）が一番哀れの深い所で御座いますから」

芳一は声を張り上げ、烈しい海戦の歌をうたった――琵琶を以て、あるいは櫂を引き、船を進める音を出さしたり、はッしと飛ぶ矢の音、人々の叫ぶ声、足踏みの音、兜にあたる刃の響き、海に陥る打たれたもの音等を、驚くばかりに出さしたりして。その演奏の途切れ途切れに、芳一は自分の左右に、賞讃の囁く声を聞いた――「何という巧い琵琶師だろう！」――「自分達の田舎ではこんな琵琶を聴いた事がない！」――「国中に芳一のような謡い手はまたとあるまい！」するといっそう勇気が出て来て、芳一はますますうまく弾きかつ謡った。そして驚きのため周囲はしんとしてしまった。しかし終りに美人弱者の運命――婦人と子供との哀れな最期――双腕に幼帝を抱き奉った二位の尼の入水を語った時には――聴者はことごとく皆一様に、長い長い戦（おのの）き慄える苦悶の声をあげ、それから後というもの一同は声をあげ、取り乱して哭（な）き悲しんだので、芳一は自分の起こさした悲痛の強烈なのに驚かされたくらいであった。しばらくの間はむせび悲しむ声が続いた。しかし、おもむろに哀哭(あいこく)の声は消えて、またそれに続いた非常な静かさの内に、芳一は老女であると考えた女の声を聞いた。

その女はこう云った——

「私共は貴方が琵琶の名人であって、また謡う方でも肩を並べるもののない事は聞き及んでいた事ではは御座いますが、貴方が今晩御聴かせ下すったようなあんなお腕前をおもちになろうとは思いも致しませんでした。殿様には大層御気に召し、貴方に十分な御礼を下さる御考えである由を御伝え申すようにとの事に御座います。が、これから後六日の間毎晩一度ずつ殿様の御前で演奏（わざ）をお聞きに入れるようとの御意に御座います――その上で殿様にはたぶん御帰りの旅に上られる事と存じます。それ故明晩も同じ時刻に、ここへ御出向きなされませ。今夜、貴方を御案内いたしたあの家来が、また、御迎えに参るで御座いましょう……それからも一つ貴方に御伝えするように申しつけられた事が御座います。それは殿様がこの赤間ヶ関に御滞在中、貴方がこの御殿に御上りになる事を誰にも御話しにならぬようとの御所望に御座います。殿様には御忍びの御旅行ゆえ、かような事はいっさい口外致さぬようにとの御上意によりますので。……ただ今、御自由に御坊に御帰りあそばせ」

芳一は感謝の意を十分に述べると、女に手を取られてこの家の入口まで来、そこには前に自分を案内してくれた同じ家来が待っていて、家につれられて行った。家来は寺の裏の縁側の所まで芳一を連れて来て、そこで別れを告げて行った。

芳一の戻ったのはやがて夜明けであったが、その寺をあけた事には、誰も気が付かなかった——

住職はよほど遅く帰って来たので、芳一は寝ているものと思ったのであった。昼のうち芳一は少し休息する事が出来た。そしてその不思議な事件については一言もしなかった。翌日の夜中に侍がまた芳一を迎えに来て、かの高貴の集りに連れて行ったが、そこで芳一はまた吟誦し、前回の演奏と同じ成功を博した。しかるにこの二度目の伺候中、芳一の寺をあけている事が偶然に見つけられた。それで朝戻ってから芳一は住職の前に呼びつけられた。住職は言葉やわらかに叱るような調子でこう言った――

「芳一、私共はお前の身の上を大変心配していたのだ。目が見えないのに、一人で、あんなに遅く出かけては険難だ。何故、私共にことわらずに行ったのだ。そうすれば下男に供をさしたものに。それからまたどこへ行っていたのかな」

芳一は言いのがれるように返事をした――

「和尚様、御免下さいまし！　少々私用が御座いまして、他の時刻にその事を処置する事が出来ませんでしたので」

住職は芳一が黙っているので、心配したというよりむしろ驚いた。それが不自然な事であり、何かよくない事でもあるのではなかろうかと感じたのであった。住職はこの盲人の少年があるいは悪魔につかれたか、あるいは騙されたのであろうと心配した。で、それ以上何もたずねなかったが、ひそかに寺の下男に旨をふくめて、芳一の行動に気をつけており、暗くなってから、また寺を出て行くような事があったなら、その後をつけるようにと云いつけた。

すぐその翌晩、芳一の寺を脱け出して行くのを見たので、下男達は直ちに提灯をともし、その後をつけた。しかるにそれが雨の晩で非常に暗かったため、寺男が道路へ出ない内に、芳一の姿は消え失せてしまった。まさしく芳一は非常に早足で歩いたのだ――その盲目な事を考えてみるとそれは不思議な事だ。何故かと云うに道は悪かったのであるから。男達は急いで町を通って行き、芳一がいつも行きつけている家へ行き、訊ねてみたが、誰も芳一の事を知っているものはなかった。しまいに、男達は浜辺の方の道から寺へ帰って来ると、阿彌陀寺の墓地の中に、盛んに琵琶の弾じられている音が聞えるので、一同はびっくりした。二つ三つの鬼火――暗い晩に通例そこにちらちら見えるような――の外、そちらの方は真暗であった。しかし、男達はすぐに墓地へと急いで行った。そして提灯の明かりで、一同はそこに芳一を見つけた――雨の中に、安徳天皇の墓の前に独り坐って、琵琶をならし、壇ノ浦の合戦の曲を高く誦して。その背後と周囲と、それから到る所たくさんの墓の上に死者の霊火が蝋燭のように燃えていた。いまだかつて人の目にこれほどの鬼火が見えた事はなかった……

「芳一さん！――芳一さん！」下男達は声をかけた。「貴方は何かに魅（ばか）されているのだ！……芳一さん！」

しかし盲人には聞えないらしい。力を籠めて芳一は琵琶をかき鳴らしていた――ますます烈しく壇ノ浦の合戦の曲を誦した。男達は芳一をつかまえ――耳に口をつけて声をかけた――

「芳一さん！――芳一さん！――すぐ私達と一緒に家にお帰んなさい！」

叱るように芳一は男達に向って云った——

「この高貴の方方の前で、そんな風に私の邪魔をするとは容赦はならんぞ」

事柄の無気味なに拘らず、これには下男達も笑わずにはいられなかった。芳一が何かに魅されていたのは確かなので、一同は芳一を捕え、その身体をもち上げて起たせ、力まかせに急いで寺へつれ帰った——そこで住職の命令で、芳一は濡れた着物を脱ぎ、新しい着物を着せられ、食べものや、飲みものを与えられた。その上で住職は芳一のこの驚くべき行為をぜひ十分に説き明かす事を迫った。

芳一は長い間それを語るに躊躇していた。しかし、遂に自分の行為が実際、深切な住職を脅かしかつ怒らした事を知って、自分の緘黙(かんもく)を破ろうと決心し、最初、侍の来た時以来、あった事をいっさい物語った。

するとと住職は云った……

「可哀そうな男だ。芳一、お前の身は今大変に危ういぞ！　もっと前にお前がこの事をすっかり私に話さなかったのはいかにも不幸な事であった！　お前の音楽の妙技がまったく不思議な難儀にお前を引き込んだのだ。お前は決して人の家を訪れているのではなくて、墓地の中に平家の墓の間で、夜を過していたのだという事に、今はもう心付かなくてはいけない――今夜、下男達はお前の雨の中に坐っているのを見たが、それは安徳天皇の墓の前であった。お前が想像していた事はみな幻影（まぼろし）だ――死んだ人の訪れて来た事の外は。で、一度死んだ人の云う事を聴いた上は、身をその為（す）るがままに任したというものだ。もしこれまであった事の上に、またも、その云う事を聴いたなら、お前はその人達に八つ裂きにされる事だろう。しかし、いずれにしても早晩、お前は殺される……ところで、今夜私はお前と一緒にいるわけにいかぬ。私はまた一つ法会をするように呼ばれている。が、行く前にお前の身体を護るために、その身体に経文を書いて行かなければなるまい」

日没前住職と納所とで芳一を裸にし、筆を以て二人して芳一の、胸、背、頭、顔、頸、手足——身体中どこと云わず、足の裏にさえも——般若心経というお経の文句を書きつけた。それが済むと、住職は芳一にこう言いつけた——

「今夜、私が出て行ったらすぐに、お前は縁側に坐って、待っていなさい。すると迎えが来る。が、どんな事があっても、返事をしたり、動いてはならぬ。口を利かず静かに坐っていなさい――禅定（ぜんじょう）に入っているようにして。もし動いたり、少しでも声を立てたりすると、お前は切りさいなまれてしまう。恐がらず、助けを呼んだりしようと思ってはいかぬ――助けを呼んだところで助かるわけのものではないから。私が云う通りに間違いなくしておれば、危険は通り過ぎて、もう恐い事はなくなる」

日が暮れてから、住職と納所とは出て行った、芳一は言いつけられた通り縁側に座を占めた。自分の傍（そば）の板敷の上に琵琶を置き、入禅の姿勢をとり、じっと静かにしていた――注意して咳もせかず、聞えるようには息もせずに。幾時間もこうして待っていた。

するとが道路の方から跫音のやって来るのが聞えた。跫音は門を通り過ぎ、庭を横ぎり、縁側に近寄って止った――すぐ芳一の正面に。

「芳一！」と底力のある声が呼んだ。が盲人は息を凝らして、動かずに坐っていた。

「芳一！」と再び恐ろしい声が呼ばわった。ついで三度――兇猛な声で――

「芳一」

芳一は石のように静かにしていた――すると苦

情を云うような声で――

「返事がない！――これはいかん！……奴、どこに居るのか見てやらなけれやア」……

縁側に上る重くるしい跫音がした。足はしずしずと近寄って――芳一の傍に止った。それからしばらくの間――その間、芳一は全身が胸の鼓動するにつれて震えるのを感じた――まったく森閑としてしまった。

遂に自分のすぐ傍であらあらしい声がこう云い

出した――「ここに琵琶がある。だが、琵琶師と云っては――ただその耳が二つあるばかりだ！……道理で返事をしないはずだ。返事をする口がないのだ――両耳の外、琵琶師の身体は何も残っていない……よし殿様へこの耳を持って行こう――出来る限り殿様の仰せられた通りにした証拠に……」

その瞬時に芳一は鉄のような指で両耳を掴まれ、引きちぎられたのを感じた！　痛さは非常であったが、それでも声はあげなかった。重くるしい足踏みは縁側を通って退いて行き――庭に下り――道路の方へ通って行き――消えてしまった。芳一は頭の両側から濃い温いものの滴って来るのを感じた。が、あえて両手を上げる事もしなかった……

日の出前に住職は帰って来た。急いですぐに裏の縁側の所へ行くと、何だかねばねばしたものを踏みつけて滑り、そして慄然（ぞっ）として声をあげた――それは提灯の光りで、そのねばねばしたものの血であった事を見たからである。しかし、芳一は入禅の姿勢でそこに坐っているのを住職は認めた――傷からはなお血をだらだら流して。

「可哀そうに芳一！」と驚いた住職は声を立てた――「これはどうした事か……お前、怪我をしたのか」……

住職の声を聞いて盲人は安心した。芳一は急に泣き出した。そして、涙ながらにその夜の事件を物語った。「可哀そうに、可哀そうに芳一！」と住職は叫んだ——「みな私の手落ちだ！——酷い私の手落ちだ！……お前の身体中くまなく経文を書いたに——耳だけが残っていた！　そこへ経文を書く事は納所に任したのだ。ところで納所が相違なくそれを書いたか、それを確かめておかなかったのは、じゅうじゅう私が悪かった！……いや、どうもそれはもう致し方のない事だ——出来るだけ早く、その傷を治すより仕方がない……芳一、まア喜べ！――危険は今まったく済んだ。もう二度とあんな来客に煩わされる事はない」

深切な医者の助けで、芳一の怪我はほどなく治った。この不思議な事件の話は諸方に広がり、たちまち芳一は有名になった。貴い人々が大勢赤間ヶ関に行って、芳一の吟誦を聞いた。そして芳一は多額の金員（きんいん）を贈り物に貰った――それで芳一は金持ちになった……しかしこの事件の

60

あった時から、この男は耳なし芳一という呼び名ばかりで知られていた。

訳　戸川明三

雪女

　武蔵の国のある村に茂作、巳之吉と云う二人の木こりがいた。この話のあった時分には、茂作は老人であった。そして、彼の年季奉公人であった巳之吉は、十八の少年であった。毎日、彼等は村から約二里離れた森へ一緒に出かけた。その森へ行く道に、越さねばならない大きな河がある。そして、渡し船がある。渡しのある所にたびたび、橋が架けられたが、その橋は洪水のあるたびごとに流された。河の溢れる時には、普通の橋では、その急流を防ぐ事はできない。

　茂作と巳之吉はある大層寒い晩、帰り途で大吹雪に遇った。渡し場に着いた。渡し守は船を河の向う側に残したままで、帰った事が分った。泳がれるような日ではなかった。それで木こりは渡し守の小屋に避難した――避難所の見つかった事を僥倖（ぎょうこう）に思いながら。小屋には火鉢はなかった。火をたくべき場所もなかった。窓のない一方口の、二畳敷の小屋であった。茂作と巳之吉は戸をしめて、蓑をきて、休息するために横になった。初めのうちはさほど寒いとも感じなかった。そして、嵐はじきに止むと思った。

老人はじきに眠りについた。しかし、少年巳之吉は長い間、目をさましていて、恐ろしい風や戸にあたる雪のたえない音を聴いていた。河はゴウゴウと鳴っていた。小屋は海上の和船のようにゆれて、ミシミシ音がした。恐ろしい大吹雪であった。空気は一刻一刻、寒くなって来た。そして、巳之吉は蓑の下でふるえていた。しかし、とうとう寒さにも拘らず、彼もまた寝込んだ。

彼は顔に夕立のように雪がかかるので眼がさめた。小屋の戸は無理押しに開かれていた。そして雪明かりで、部屋のうちに女――全く白装束の女――を見た。その女は茂作の上に屈んで、彼に彼女の息をふきかけていた――そして彼女の息はあかるい白い煙のようであった。ほとんど同時に巳之吉の方へ振り向いて、彼の上に屈んだ。彼は叫ぼうとしたが何の音も発する事ができなかった。白衣の女は、彼の上に段々低く屈んで、しまいに彼女の顔はほとんど彼にふれるようになった。そして彼は――彼女の眼は恐ろしかったが――彼女が大層綺麗である事を見た。しばらく彼女は彼を見続けていた――それから彼女は微笑した。そしてささやいた――「私は今ひとりの人のように、あなたをしようかと思った。しかし、あなたを気の毒だと思わずにはいられない――あなたは若いのだから。……あなたは美少年ね、巳之吉さん、もう私はあなたを害しはしません。しかし、もしあなたが今夜見た事を誰かに――あなたの母さんにでも――云ったら、私に分ります。そして私、あなたを殺します……覚えていらっしゃい、私の云う事を」

そう云って、向き直って、彼女は戸口から出て行った。その時、彼は自分の動ける事を知って、飛び起きて、外を見た。しかし、女はどこにも見えなかった。そして、雪は小屋の中へ烈しく吹きつけていた。巳之吉は戸をしめて、それに木の棒をいくつか立てかけてそれを支えた。彼は風が戸を吹きとばしたのかと思ってみた――彼はただ夢を見ていたかもしれないと思った。それで入口の雪あかりの閃きを、白い女の形と思い違いしたのかもしれないと思った。しかもそれもたしかではなかった。彼は茂作を呼んでみた。そして、老人が返事をしなかったので驚いた。彼は暗がりへ手をやって茂作の顔にさわってみた。そして、それが氷である事が分った。茂作は固くなって死んでいた……

あけ方になって吹雪は止んだ。そして日の出の後少ししてから、渡し守がその小屋に戻って来た時、茂作の凍えた死体の側に、巳之吉が知覚を失うて倒れているのを発見した。巳之吉は直ちに介抱された。そして、すぐに正気に返った。しかし、彼はその恐ろしい夜の寒さの結果、長い間病んでいた。彼はまた老人の死によってひどく驚かされた。しかし、彼は白衣の女の現れた事については何も云わなかった。再び、達者になるとすぐに、彼の職業に帰った——毎朝、独りで森へ行き、夕方、木の束をもって帰った。彼の母は彼を助けてそれを売った。

　翌年の冬のある晩、家に帰る途中、偶然同じ途を旅している一人の若い女に追いついた。彼女は背の高い、ほっそりした少女で、大層綺麗であった。そして巳之吉の挨拶に答えた彼女の声は歌う鳥の声のように、彼の耳に愉快であった。それから、彼は彼女と並んで歩いた。そして話をし出した。少女は名は「お雪」であると云った。それからこの頃両親共なくなった事、それから江戸へ行くつもりである事、そこに何軒か貧しい親類のある事、その人達は女中としての地位を見つけてくれるだろうと云う事など。巳之吉はすぐにこの知らない少女になつかしさを感じて来た。そして見れば見るほど彼女が一層綺麗に見えた。彼は彼女に約束の夫があるかと聞いた。彼女は笑いながら何の約束もないと答えた。それから、今度は、彼女の方で巳之吉は結婚しているか、あるいは約束があるかと尋ねた。彼は彼女に、養うべき母が一人あるが、お嫁の問題は、まだ自分が若いから、考えに上った事はないと答えた……こんな打明け話のあとで、彼等は長い間ものを云わないで歩いた。しかしことわざにある通り「気があれば眼も口ほどにものを云い」であった。村に着く頃までに、彼等はお互いに大層気に入っていた。そして、その時巳之吉はしばらく自分の家で休むようにとお雪に云った。彼女はしばらくはにかんでためらっていたが、彼と共にそこへ行った。そして彼の母は彼女を歓迎して、彼女のために暖かい食事を用意した。お雪の立居振舞は、いかにもよかったので、巳之吉の母は急に好きになって、彼女に江戸への旅を延ばすように勧めた。そして自然の成行きとして、お雪は江戸へは遂に行かなかった。彼女は「お嫁」としてその家にとどまった。

お雪は大層よい嫁である事が分った。巳之吉の母が死ぬようになった時――五年ばかりの後――

彼女の最後の言葉は、彼女の嫁に対する愛情と賞賛の言葉であった——そしてお雪は巳之吉に男女十人の子供を生んだ——皆綺麗な子供で色が非常に白かった。

田舎の人々はお雪を、生まれつき自分等と違った不思議な人と考えた。大概の農夫の女は早く年を取る。しかしお雪は十人の子供の母となったあとでも、初めて村へ来た日と同じように若くて、みずみずしく見えた。

ある晩子供等が寝たあとで、お雪は行燈の光で針仕事をしていた。そして巳之吉は彼女を見つめながら云った——

「お前がそうして顔にあかりを受けて、針仕事をしているのを見ると、わしが十八の少年の時遇った不思議な事が思い出される。わしはその時、今のお前のように綺麗なそして色白な人を見た。全く、その女はお前にそっくりだったよ」……

仕事から眼を上げないで、お雪は答えた——

「その人の話をしてちょうだい……どこでおあいになったの」

そこで巳之吉は渡し守の小屋で過ごした恐ろしい夜の事を彼女に話した——そして、にこにこしてささやきながら、自分の上に屈んだ白い女の事——それから、茂作老人の物も云わずに死んだ事、そして彼は云った——

「眠っている時にでも起きている時にでも、お前のように綺麗な人を見たのはその時だけだ。もちろんそれは人間じゃなかった。そしてわしはその女が恐ろしかった——大変恐ろしかった——がその女は大変白かった……実際わしが見たのは夢であったかそれとも雪女であったか、分らないでいる」……

お雪は縫物を投げ捨てて立ち上って巳之吉の坐っている所で、彼の上に屈んで、彼の顔に向って叫んだ——

「それは私、私、私でした……それは雪でした。

そしてその時あなたが、その事を一言でも云ったら、私はあなたを殺すと云いました……そこに眠っている子供等がいなかったら、今すぐあなたを殺すのでした。でも今あなたは子供等を大事に大事になさる方がいい。もし子供等があなたに不平を云うべき理由でもあったら、私はそれ相当にあなたを扱うつもりだから」……

彼女が叫んでいる最中、彼女の声は細くなって行った。風の叫びのように。――それから彼女は

輝いた白い霞となって屋根の棟木の方へ上って、それから煙出しの穴を通ってふるえながら出て行った……もう再び彼女は見られなかった。

訳　田部隆次

ろくろ首

　五百年ほど前に、九州菊池の侍臣に磯貝平太左衛門武連（たけつら）と云う人がいた。この人は代々武勇にすぐれた祖先からの遺伝で、生まれながら弓馬の道に精しく非凡の力量をもっていた。未だ子供の時から剣道、弓術、槍術では先生よりもすぐれて、大胆で熟練な勇士の腕前を充分にあらわしていた。その後、永享年間（西暦一四二九―一四四一）の乱に武功をあらわして、ほまれを授か

った事たびたびであった。しかし菊池家が滅亡に陥った時、磯貝は主家を失った。他の大名に使われる事も容易にできたのであったが、自分一身のために立身出世を求めようとは思わず、また以前の主人に心が残っていたので、彼は浮世を捨てる事にした。そして剃髪して僧となり――回龍と名のって――諸国行脚（あんぎゃ）に出かけた。

　しかし僧衣の下には、いつでも回龍の武士の魂が生きていた。昔、危険をものともしなかったと同じく、今はまた難苦を顧みなかった。それで天気や季節に頓着なく、他の僧侶達のあえて行こうとしない所へ、聖い仏の道を説くために出かけた。その時代は暴戻(ぼうれい)乱雑の時代であった。それでたとえ僧侶の身でも、一人旅は安全ではなかった。

初めての長い旅のうちに、回龍は折があって、甲斐の国を訪れた。ある夕方の事、その国の山間を旅しているうちに、村から数里を離れた、はなはだ淋しい所で暗くなってしまった。そこで星の下で夜をあかす覚悟をして、路傍の適当な草地を見つけて、そこに臥（ふ）して眠りにつこうとした。彼はいつも喜んで不自由を忍んだ。それで何も得られない時には、裸の岩は彼にとってはよい寝床になり、松の根はこの上もない枕となった。彼の肉体は鉄であった。露、雨、霜、雪になやんだ事は決してなかった。

横になるや否や、斧と大きな薪の束を背負うて道をたどって来る人があった。この木こりは横になっている回龍を見て立ち止まって、しばらく眺めていたあとで、驚きの調子で云った。

「こんなところで独りでねておられる方はそもそもどんな方でしょうか……このあたりには変化（へんげ）のものが出ます――たくさんに出ます。あなたは魔物を恐れませんか」

回龍は快活に答えた。「わが友、わしはただの雲水じゃ。それゆえ少しも魔物を恐れない——たとえ化け狐であれ、化け狸であれ、その外何の化けであれ。淋しい所は、かえって好む所。そんな所は黙想をするのによい。わしは大空のうちに眠る事に慣れておる。それから、わしのいのちについて心配しないように修業を積んで来た」

「こんな所に、お休みになる貴僧は、全く大胆な方に相違ない。ここは評判のよくない——はなはだよくない所です。『君子危うきに近よらず』と申します。実際こんな所でお休みになる事ははなはだ危険です。私の家はひどいあばらやですが、御願いです。一緒に来て下さい。喰べるものと云っては、さし上げるようなものはありません。が、とにかく屋根がありますから安心してねられます」

熱心に云うので、回龍はこの男の親切な調子が気に入って、この謙遜な申出を受けた。きこりは往来から分れて、山の森の間の狭い道を案内して上って行った。凸凹の危険な道で――時々断崖の縁を通ったり——時々足の踏み場所としては、滑りやすい木の根のからんだものだけであったり——時々尖った大きな岩の上、または間をうねりくねったりして行った。しかし、ようやく回龍はある山の頂きの平らな場所へ来た。満月が頭上を照らしていた。見ると自分の前に小さな草ふき屋根の小屋があって、中からは陽気な光がもれていた。きこりは裏口から案内したが、そこへは近所の流れから、竹の筧（かけい）で水を取ってあった。それから二人は足を洗った。小屋の向うは野菜畠につづいて、竹藪と杉の森になっていた。それからその森の向うに、どこか遥かに高い所から落ちている滝が微かに光って、長い白い着物のように、月光のうちに動いているのが見えた。

回龍が案内者と共に小屋に入った時、四人の男女が炉にもやした小さな火で手を暖めているのを見た。僧に向って丁寧にお辞儀をして、最も恭しき態度で挨拶を云った。回龍はこんな淋しい所に住んでいるこんな貧しい人々が、上品な挨拶の言葉を知っている事を不思議に思った。「これはよい人々だ」彼は考えた。「誰かよく礼儀を知っている人から習ったに相違ない」それから他のものが「あるじ」と云っているその主人に向って云った。

「その親切な言葉や、皆さんから受けたはなはだ丁寧なもてなしから、私はあなたを初めからのきこりとは思われない。たぶん以前は身分のある方でしたろう」

きこりは微笑しながら答えた。

「はい、その通りでございます。ただ今は御覧の通りのくらしをしていますが、昔は相当の身分でした。私の一代記は、自業自得で零落したものの一代記です。私はある大名に仕えて、重い役を務めていました。しかし余りに酒色に耽って、心が狂ったために悪い行いをいたしました。自分の我儘から家の破滅を招いて、たくさんの生命を亡ぼす原因をつくりました。その罰があたって、私は長い間この土地に亡命者となっていました。今では何か私の罪ほろぼしができて、祖先の家名を再興する事のできるようにと、祈っています。しかしそう云う事もできそうにありません。ただ、真面目な懺悔（ざんげ）をして、できるだけ不幸な人々を助けて、私の悪業の償いをしたいと思っております」

回龍はこのよい決心の告白をきいて喜んで主人

に云った。

「若い時につまらぬ事をした人が、後になって非常に熱心に正しい行いをするようになる事を、これまでわしは見ています。悪に強い人は、決心の力で、また、善にも強くなる事は御経にも書いてあります。御身は善い心の方である事は疑わない。それでどうかよい運を御身の方へ向わせたい。今夜は御身のために読経をして、これまでの悪業に打ち勝つ力を得られる事を祈りましょう」

　こう云ってから回龍は主人に「お休みなさい」を云った。主人は極めて小さな部屋へ案内した。そこには寝床がのべてあった。それから一同眠りについたが、回龍だけは行燈のあかりのわきで読経（どきょう）を始めた。おそくまで読経勤行（ごんぎょう）に余念はなかった。それからこの小さな寝室の窓をあけて、床につく前に、最後に風景を眺めようとした。夜は美しかった。空には雲もなく、風もなかった。強い月光は樹木のはっきりした黒影を投げて、庭の露の上に輝いていた。きりぎりすや鈴虫の鳴き声は、騒がしい音楽となっていた。近所の滝の音は夜のふけるに随って深くなった。回龍は水の音を聴いていると、渇きを覚えた。それで家の裏の筧を想い出して、眠っている家人の邪魔をしないで、そこへ出て水を飲もうとした。襖をそっとあけた。そうして、行燈のあかりで、五人の横臥（おうが）したからだを見たが、それにはいずれも頭がなかった。

直ちに――何か犯罪を想像しながら――彼はびっくりして立った。しかし、つぎに彼はそこに血の流れていいない事と、頭は斬られたようには見えない事に気がついた。それから彼は考えた。「これは妖怪に魅（ばか）されたか、あるいは自分はろくろ首の家におびきよせられたのだ……「捜神記」に、もし首のない胴だけのろくろ首を見つけて、その胴を別の所にうつしておけば、首は決して再びもとの胴へは帰らないと書いてある。それから更にその書物に、首が帰って来て、胴が移してある事をさとれば、その首は毬のようにはねかえりながら三度地を打って——非常に恐れて喘ぎながら、やがて死ぬと書いてある。ところで、もしこれがろくろ首なら、禍をなすものゆえ——その書物の教え通りにしても差支えはなかろう」……

彼は主人の足をつかんで、窓まで引いて来て、からだを押し出した。それから裏口に来てみると戸が締っていた。それで彼は首は開いていた屋根の煙出しから出て行った事を察した。静かに戸を開けて庭に出て、向うの森の方へできるだけ用心して進んだ。森の中で話し声が聞えた。それでよい隠れ場所を見つけるまで影から影へと忍びながら——声の方向へ行った。そこで、一本の樹の幹のうしろから首が——五つとも——飛び回って、そして飛び回りながら談笑しているのを見た。首は地の上や樹の間で見つけた虫類を喰べていた。やがて主人の首が喰べる事を止めて云った。

「ああ、今夜来たあの旅の僧——全身よく肥えているじゃないか。あれを皆で喰べたら、さぞ満腹する事であろう……あんな事を云って、つまらない事をした——だからおれの魂のために、読経をさせる事になってしまった。経をよんでいるうちは近よる事がむつかしい。称名を唱えている間は手を下す事はできない。しかしもう今は朝に近いから、たぶん眠ったろう……誰かうちへ行って、あれが何をしているか見届けて来てくれないか」

一つの首——若い女の首——が直ちに立ち上って蝙蝠（こうもり）のように軽く、家の方へ飛んで行った。数分の後、帰って来て、大驚愕（だいきょうがく）の調子で、しゃがれ声で叫んだ。

「あの旅僧はうちにいません——行ってしまいました。それだけではありません。もっとひどい事には、主人の体を取って行きました。どこへ置いて行ったか分りません」

この報告を聞いて、主人の首が恐ろしい様子になった事は月の光で判然と分った。眼は大きく開いた、髪は逆立った、歯は軋った。それから一つの叫びが唇から破裂した。忿怒（ふんぬ）の涙を流しながらどなった。

「からだを動かされた以上、再びもと通りになる事はできない。死なねばならない……皆これがあの僧の仕業だ。死ぬ前にあの僧に飛びついてやろう――引き裂いてやろう――喰いつくしてやろう……ああ、あすこに居る――あの樹のうしろ――

あの樹のうしろに隠れている。あれ——あの肥った臆病者」……

同時に主人の首は他の四つの首を随えて、回龍に飛びかかった。しかし強い僧は手ごろの若木を引きぬいて武器とし、それを打ちふって首をなぐりつけ、恐ろしい力でなぎたててよせつけなかった。四つの首は逃げ去った。しかし、主人の首だけは、いかに乱打されても、必死となって僧に飛びついて、最後に衣の左の袖に喰いついた。しかし回龍の方でも素早くまげをつかんでその首を散々になぐった。どうしても袖からは離れなかったが、しかし長い呻きをあげて、それからもがくことを止めた。死んだのであった。しかしその歯はやはり袖に喰いついていた。そして回龍のありたけの力をもってしても、その顎を開かせる事はできなかった。

彼はその袖に首をつけたままで、家へ戻った。そこには、傷だらけ、血だらけの頭が胴に帰って、四人のろくろ首が坐っているのを見た。裏の戸口に僧を認めて一同は「僧が来た、僧が」と叫んで反対の戸口から森の方へ逃げ出した。

東の方が白んで来て夜は明けかかった。回龍は化物の力も暗い時だけに限られている事を知っていた。袖についている首を見た——顔は血と泡と泥とで汚れていた。そこで「化物の首とは——何と云うみやげだろう」と考えて大声に笑った。それからわずかの所持品をまとめて、行脚をつづけるために、おもむろに山を下った。

直ちに旅をつづけて、やがて信州諏訪へ来た。諏訪の大通りを、ひじに首をぶら下げたまま、堂々と濶歩（かっぽ）していた。女は気絶し、子供は叫んで逃げ出した。余りに人だかりがして騒ぎになったので、捕吏（とりて）が来て、僧を捕えて牢へ連れて行った。その首は殺された人の首で、殺される時、相手の袖に喰いついたものと考えたからであった。回龍の方では問われた時に微笑ばかりして何にも云わなかった。それから一夜を牢屋ですごしてから、その土地の役人の前に引き出された。それから、どうして僧侶の身分として袖に人の首をつけているか、なぜ衆人の前で厚顔にも自分の罪悪の見せびらかしをあえてするか、説明するように命ぜられた。

回龍はこの問に対して長く大声で笑った。それから云った。

「皆様、愚僧が袖に首をつけたのではなく、首の方から来てそこへついたので――愚僧迷惑至極に存じております。それから愚僧は何の罪をも犯しません。これは人間の首でなく、化物の首でございます――それから化物が死んだのは、愚僧が自分の安全を計るために必要な用心をしただけのことからで、血を流して殺したのではございません」……それから彼は更に、全部の冒険談を物語って、五つの首との会戦の話に及んだ時、また一つ大笑いをした。

しかし、役人達は笑わなかった。これは剛腹頑固な罪人で、この話は人を侮辱したものと考えた。それでそれ以上詮索しないで、一同は直ちに死刑の処分をする事にきめたが、一人の老人だけは反対した。この老いた役人は審問の間には何も云わなかったが、同僚の意見を聞いてから、立ち上って云った。「まず首をよく調べましょう。これが未だすんでいないようだから。もしこの僧の云う事が本当なら、首を見れば分る……首をここへ持って来い」

回龍の背中からぬき取った衣にかみついている首は、裁判官達の前に置かれた。老人はそれを幾度も回して、注意深くそれを調べた。そして首の項(うなじ)にいくつかの妙な赤い記号らしいものを発見した。その点へ同僚の注意を促した。それから首の一端がどこにも武器で斬られたらしい跡のない事を見せた。かえって落葉が軸から自然に離れたように、その首の断面は滑らかであった……

そこで老人は云った。

「僧の云った事は全く本当としか思われない。これはろくろ首だ。『南方異物志』に、本当のろくろ首の項の上には、いつでも一種の赤い文字が見られると書いてある。そこに文字がある。それはあとで書いたのではない事が分る。その上甲斐の国の山中にはよほど昔から、こんな怪物が住んでおる事はよく知られておる……しかし」回龍の方へ向いて、老人は叫んだ——「あなたは何と強勇なお坊さんでしょう。たしかにあなたは坊さんには珍しい勇気を示しました。あなたは坊さんよりは、武士の風がありますな。たぶんあなたの前身は武士でしょう」

「いかにもお察しの通り」と回龍は答えた。「剃髪の前は、久しく弓矢取る身分であったが、その頃は人間も悪魔も恐れませんでした。当時は九州で磯貝平太左衛門武連と名のっていましたが、その名を御記憶の方もあるいはございましょう」

その名前を名のられて、感嘆のささやきが、その法廷に満ちた。その名を覚えている人が多数居合せたからであった。それからこれまでの裁判官達は、たちまち友人となって、兄弟のような親切をつくして感嘆を表わそうとした。恭しく国守の屋敷まで護衛して行った。そこでさまざまの歓待饗応をうけ、褒賞を賜わった後、ようやく退出を許された。面目身に余った回龍が諏訪を出た時は、このはかない娑婆世界でこの僧ほど、幸福な僧はないと思われた。首はやはり携えて行った――みやげにすると戯れながら。

さて、首はその後どうなったか、その話だけ残っている。

諏訪を出て一両日のあと、回龍は淋しい所で一人の盗賊に止められて、衣類を脱ぐ事を命ぜられた。回龍は直ちに衣を脱して盗賊に渡した。盗賊はその時、初めて袖にかかっているものに気がついた。さすがの追剥ぎも驚いて、衣を取り落して、飛び退いた。それから叫んだ。「やあ、こりゃとんでもない坊さんだ。おれよりもっと悪党だね。おれも実際これまで人を殺した事はある。しかし袖に人の首をつけて歩いた事はない……よし、お坊さん、こりゃおれ達は同じ商売仲間だぜ。どうしてもおれは感心せずには居られない。ところで、その首はおれの役に立ちそうだ。おれはそれで人をおどかすんだね。売ってくれないか。おれのきものと、この衣と取り替えよう、それから首の方は五両出す」

回龍は答えた。

「お前が是非と云うなら、首も衣も上げるが、実はこれは人間の首じゃない。化物の首だ。それで、これを買って、そのために困っても、わしのために欺かれたと思ってはいけない」

「面白い坊さんだね」追剥ぎが叫んだ。「人を殺してそれを冗談にしているのだから……しかし、おれは全く本気なんだ。さあ、きものはここ、それからお金はここにある――それから首を下さい……何もふざけなくってもよかろう」

「さあ、受け取るがよい」回龍は云った。「わしは少しもふざけていない。何かおかしい事でもしあれば、それはお前がお化けの首を、大金で買うのが馬鹿げていてはおかしいと云う事だけさ」それから回龍は大笑いをして去った。

こんなにして盗賊は首と、衣を手に入れてしばらく、お化けの僧となって追剥ぎをして歩いた。しかし諏訪の近傍へ来て、彼は首の本当の話を聞いた。それからろくろ首の亡霊の祟りが恐ろしくなって来た。そこでもとの場所へ、その首をかえして、体と一緒に葬ろうと決心した。彼は甲斐の山中の淋しい小屋へ行く道を見つけたが、そこには誰もいなかった。体も見つからなかった。そこで首だけを小屋のうしろの森に埋めた。それからこのろくろ首の亡霊のために施餓鬼（ふせがき）を行った。そしてろくろ首の塚として知られている塚は今日もなお見られると、日本の物語作者はそう公言する。

訳　田部隆次

常識

昔、京都に近い愛宕山に、黙想と読経（どきょう）に余念のない高僧があった。住んでいた小さい寺は、どの村からも遠く離れていた。そんな淋しい所では誰かの世話がなくては日常の生活にも不自由するばかりであったろうが、信心深い田舎の人々が代る代るきまって毎月米や野菜を持ってきて、この高僧の生活をささえてくれた。

この善男善女のうちに猟師が一人いた。この男はこの山へ獲物をあさりにも度々来た。ある日のこと、この猟師がお寺へ一袋の米を持って来た時、僧は云った。

「一つお前に話したい事がある。この前会ってから、ここで不思議な事がある。どうして愚僧のようなものの眼前に、こんな事が現れるのか分らない。しかし、お前の知っての通り、愚僧は年来毎日読経黙想をしているので、今度授かった事は、その行いの功徳（くどく）かとも思われるが、それもたしかではない。しかし、たしかに毎晩、普賢（ふげん）菩薩が白象に乗ってこの寺へお見えになる……今夜愚僧と一緒に、ここにいて御覧。その仏様を拝む事ができる」

「そんな尊い仏が拝めるとはどれほど有難いことか分りません。喜んで御一緒に拝みます」と猟師は答えた。

そこで猟師は寺にとどまった。しかし僧が勤行にいそしんでいる間に、猟師はこれから実現されようと云う奇蹟について考え出した。それからこんな事のあり得べきかどうかについて疑い出した。考えるにつれて疑いは増すばかりであった。寺に小僧がいた——そこで猟師は小僧に折を見て聞いた。

「聖人のお話では普賢菩薩は毎晩この寺へお見えになるそうだが、あなたも拝んだのですか」猟師は云った。

「はい、もう六度、私は恭しく普賢菩薩を拝みました」小僧は答えた。猟師は小僧の言を少しも疑わなかったが、この答によって疑いは一層増すばかりであった。小僧は一体何を見たのであろうか。それも今に分るであろう。こう思い直して約束の出現の時を熱心に待っていた。

真夜中少し前に、僧は普賢菩薩の見えさせ給う用意の時なる事を知らせた。小さいお寺の戸はあけ放たれた。僧は顔を東の方に向けて入口に跪（ひざまず）いた。小僧はその左に跪いた。猟師は恭しく僧のうしろに席を取った。

九月二十日の夜であった――淋しい、暗い、それから風の烈しい夜であった。三人は長い間普賢菩薩の出現の時を待っていた。ようやくのことで東の方に、星のような一点の白い光が見えた。それからこの光は素早く近づいて来た――段々大きくなって来て、山の斜面を残らず照らした。やがてその光はある姿――六本の牙のある雪白の象に乗った聖い菩薩の姿となった。そうして光り輝ける乗手をのせた象は直ぐお寺の前に着いた。月光の山のように――不可思議にも、ものすごくも――高くそびえてそこに立った。

その時僧と小僧は平伏して異常の熱心をもって普賢菩薩への読経を始めた。ところが不意に猟師は二人の背後に立ち上り、手に弓を取って満月の如く引きしぼり、光明の普賢菩薩に向って長い矢をひゅっと射た。すると矢は菩薩の胸に深く、羽根のところまでもつきささった。

突然、落雷のような音響とともに白い光は消えて、菩薩の姿も見えなくなった。お寺の前はただ暗い風があるだけであった。

「情けない男だ」僧は悔恨絶望の涙とともに叫んだ。「何と云うお前は極悪非道の人だ。お前は何をしたのだ。——何をしてくれたのだ」

しかし猟師は僧の非難を聞いてもなんら後悔憤怒の色を表わさなかった。それから甚（はなは）だ穏かに云った——
「聖人様、どうか落ちついて、私の云う事を聞いて下さい。あなたは年来の修業と読経の功徳によって、普賢菩薩を拝む事ができるのだと御考えになりました。それなら仏様は私やこの小僧には見えず——聖人様にだけお見えになる筈だと考えます。私は無学な猟師で、私の職業は殺生です——ものの生命を取る事は、仏様はお嫌いです。それでどうして普賢菩薩が拝めましょう。仏様は四方八方どこにでもおいでになる。ただ凡夫は愚痴蒙昧（ぐちもうまい）のために拝む事ができないと聞いております。聖人様は――浄い生活をしておられる高僧でいらせられるから――仏を拝めるようなさとりを開かれましょう。しかし生計のために生物を殺すようなものは、どうして仏様を拝む力など得られましょう。それに私もこの小僧も二人とも聖人様の御覧になったとおりのものを見ました。それで聖人様に申し上げますが、御覧になったものは普賢菩薩ではなくてあなたをだまして——事によれば、あなたを殺そうとする何か化物に相違ありません。どうか夜の明けるまで我慢して下さい。そうしたら私の云う事の間違いでない証拠を御覧に入れましょう」

日の出とともに猟師と僧は、その姿の立っていた所を調べて、うすい血の跡を発見した。それからその跡をたどって数百歩離れたうつろに着いた。そこで、猟師の矢に貫かれた大きな狸の死体を見た。

博学にして信心深い人であったが僧は狸に容易にだまされていた。しかし猟師は無学無信心ではあったが、強い常識を生まれながらもっていた。この生まれながらもっていた常識だけで直ちに危険な迷いを看破し、かつそれを退治する事ができた。

訳　田部隆次

術数

屋敷の庭で死刑が執行される事にきまった。その罪人は引き出された。今も読者が日本庭園で見られるような飛石の一列が真中にある、砂を敷いた広場へ坐らされた。彼は後ろ手に縛られていた。家来は手桶の水と小石の満ちた俵を運んだ。それから坐っている男のまわりに俵をつめた——動けないようにくさびどめにしておいた。主人が来て、その準備を見た。満足らしく、何も云わなかった。

　不意に罪人は彼に呼びかけた――

「お侍様、今から御仕置を受ける事になったが、私の過ちは、なにも知って犯したんじゃございません。その過ちの元はただ私が馬鹿だったからです。何かの因果で愚鈍に生まれて来たのでいつも間違いをせずには居られない。だがなにも愚鈍に生まれついたって云うわけで、人を殺すのはそりゃひどい――そんな無法はよくない。どうでも私を殺すと云うなら、きっと私は復讐する――あなたが恨みを懐（いだ）かせるから、復讐になる。つまり仇に報ゆるに、仇をもってするんだ……」

人がはげしい恨みを呑みながら殺されると、その人の幽霊は殺した人に恨みを報ゆる事ができる。この事を侍は知っていた。彼は甚（はなは）だ穏やかに――殆んど愛撫するように――答えた。

「お前が死んだあとで――自分等をおどかすことはお前の勝手だが、お前の云おうと思っていることとは分りにくい。お前の恨みの何か証拠を――首が切れたあとで――自分等に見せてくれないか」

「見せるともきっと」男は答えた。

「宣しい」侍が長い刀をぬいて云った――「これからお前の首を切る。丁度前に飛石がある。首が切れたら、一つその飛石をかんで見せないか。お前の怒った魂がそれをやれるなら、自分等のうちにもこわがるものもあるだろう……その石をかんでみせないか」

「かまずにおくものか」大変に怒ってその男は叫んだ。「かむとも。かむ」――

刃は閃いた。風を斬る音、首が落ちて、からだの崩れる音がした。縛られたからだは、俵の上へ弓なりになった――二つの長い血の噴出しが、切られた首から勢いよく迸（ほとばし）っている。それから首は砂の上にころがった。飛石の方へ重苦しそうにころがった。それから不意に飛び上って、飛石の上端を歯の間に押えてしばらく、必死となってかじりつき、それから力弱ってポタリと落ちた。

物を云うものがない、しかし家来達は恐ろしそうに、主人を見つめていた。主人は全く無頓着のようであった。彼は只すぐ側に居る家来に刀をさし出した。その家来は柄杓で柄から切先まで水をそそいで、それから丁寧に柔らかな数枚の紙で幾度かそのはがねをふいた……そしてこの事件の儀式的部分は終った。

その後数ヶ月間、家来達と下部等はたえず、幽霊の来訪を恐れていた。誰もその約束の復讐の来る事を疑うものがなかった。そのたえざる恐れのために、ありもしないものを多く、聞いたり見たりするようになった。竹の間の風の音をも恐れた——庭で動く影にも恐れた。遂に相談の結果、その恨みを呑んでいる霊のために、施餓鬼（ふせがき)を行うように主人に願う事にきめた。

家来の総代が一同の願いを云った時に、「全く無用」と侍が云った……「あの男が死ぬ時に復讐を誓ったのが、つまり恐れのもとであろうと思う。しかし、この場合恐れる事は何もない」

その家来は頼むように主人を見たが、この驚くべき自信の理由を問う事をためらった。「ああ、その理由は極めて簡単だ」その言葉に表われない疑いを推しはかって侍が云った。「彼の最後のもくろみだけが、ただ、危険になれたのだ。そして自分が彼にその証拠を見せろといどんだ時、復讐の念から彼の心をわきへ向けた。つまり飛石にかじりつきたい一念で死んだのだ。その目的を果す事ができたが、ただ、それっきり。あとはすっかり忘れてしまったに違いない……だからお前達はそんな事にもう、かれこれ心配しないでもいい」

——そして実際、死人は何も祟るところがなかった。全く何事も起らなかった。

訳　田部隆次

おかめのはなし

土佐の国名越の長者権右衛門の娘おかめは、その夫八右衛門を非常に好いていた。女は二十二、八右衛門は二十五であった。余り夫を愛するので、世間の人は嫉妬の深い女だろうと思った。しかし男は嫉妬されるような原因を作った事もなかった。それで二人の間にはいやな言葉一つ交された事もなかった。

不幸にしておかめは病身であった。結婚後二年にもならないうちに当時土佐に流行していた病気にかかって、どんな良医も匙を投げるようになった。この病気にかかる人は、喰べる事も飲む事もできない。ただ疲れてうとうとして、変な夢に悩まされているだけであった。おかめは不断の看護を受けながら、毎日次第に弱って行って、とうとう自分でも助からぬ事が分って来た。

そこで彼女は夫を呼んで云った。

「私のこのいやな病気中あなたがどんなに親切に

して下さったか口では云えません。こんなによくして下さる方はどこにだってありません。私、あなたに別れるのが本当につらい……考えて下さい。私まだ二十五にもなりません――その上私の夫ほどよい人はこの世にはありません――それでも私は死んで行かねばならない……いいえ、駄目、駄目、気休めをおっしゃっても駄目ですよ。どんなお医者だってどうにもならないのですもの。もう二三ヶ月生きていたいと思いましたが、今朝鏡を見たら、今日のうちに死んで行かねばならぬ事が分りました――そう、丁度今日です。それであなたにお願いがありますの――私が安心して死んで行けるように思って下さるようなら――その願いを私にかなえさせて下さい」

「ちょっと云って御覧、何だか」八右衛門は答えた。「私の力でできる事なら、どんな事でも喜んでして上げる」

「それが――あなたのちっとも喜ばない事なんで

す」彼女は答えた。「まだ若いのですもの。こんな事をお願いすることは、中々——大変——むつかしい事ですわ。でもその願い事は私の胸に燃えてる火のようです。死ぬ前に云わせて下さい。どうぞ……ね——あなた、私が死んだら早晩、皆であなたに奥様を持たせるでしょう。ね、あの、約束して下さいませんこと。もう二度と結婚はしないと——おいやですか……」

「何だ、そんな事か」八右衛門は叫んだ。「願い事と云うのはそれだけの事なのか。それは何でもない。よし、約束した。お前の代りは決して貰わない」

「ああ、嬉しい」おかめは床から半分起きて叫んだ。

それからうしろへ倒れた。同時に彼女の息は絶えた。

おかめが死んでから、八右衛門の健康は衰えて来るようであった。初めはその様子の変わりようを、人々は人情の悲しみの故と解釈していた。それで村人達は「どんなにあの奥様が気に入っていたのだろうな」とばかり噂していた。しかし月が重なるにつれて、段々蒼白くなり弱くなりして、遂には人間ではなく幽霊ではないかと思われるほど痩せやつれて来た。それで人々はそんなに若い人がこう急に衰えるのは悲しみだけでは説明ができないと疑い出した。医者達の説では、八右衛門の病気は普通のものではない。様子は何とも解し難いが、何か心の異常のなやみから起っているらしいと云う事であった。両親は色々尋ねてみたが駄目であった――彼の云う所では、両親の知っている以外には、なんら悲歎の原因はないとの事であった。両親は再婚をすすめた。しかし死人に対する約束はどうしても破る事はできないと云い張った。

それからあと、八右衛門はやはり日増しに衰えた。家族の人々はその生命を危んだ。ところがある日の事、かねて何か心に隠している事を信じていた母が、熱心にその衰弱の理由を云ってくれるように烈しく泣いて頼んだ。母の懇願には勝たれなくなった。

「こんな事はあなたにもまたどなたにも全く云いにくい事です。すっかり申し上げて見た所で本当にはできますまい。実はおかめはあの世で成仏ができないのです。それからいくら仏事を行うてやりましても駄目のようです。私も一緒にその冥土の旅に出てやらないとどうしても成仏ができないようです。おかめは毎晩帰って来て、私のわきに寝ます。葬式の日から毎晩、来ない晩はありません。それで時々本当に死んだのではあるまいと思う事があります。様子や行いは生きていた時と全く同じですから――ただ私に話をする時、小さい声で物を云うだけです。それから、いつでも、自分の来る事を誰にも云わないようにと申します。私にも死んでもらいたいのでしょう。私も自分だけなら生きていたくはありません。しかし、全く仰せの通り私のからだは両親のもので、両親にまず第一に孝行しなければなりません。それで、本当の事を皆申し上げるのです……はい、毎晩丁度眠りかけると参ります。それから明け方までいます。鐘が聞えると出て行きます」

八右衛門の母がこれを聞いてびっくりした。直ちに檀那寺へ急いで寺僧に息子の告白の一切を話して助力を乞うた。高齢で、経験の積んだ寺僧はその話を聞いて驚く色もなく、彼女に云った。

「こう云うことは時々あるものです、初めてではありません。それで御子息も助けて上げられると思います。しかし今大層危い所です。愚僧の見る所では、お顔に死相が現れています。おかめさんがもう一度帰って来れば、もうそれきりです。それで即刻やるべき事をやらねばなりません。御子息に黙っていて下さい。大急ぎで双方の親戚を集めて、寺へ来るように云って下さい。御子息のためにおかめさんの墓を開けねばなりません」

そこで、親戚はお寺に集った。墓を開く事を一同承諾したので、僧は一同を墓地へ案内した。そこで、その指図に随っておかめの墓石はわきへやられ、墓は開かれ、棺は上げられた。棺の蓋が取られた時、居合わした人は胆を寒くした。それはおかめは病気の前と同じく綺麗に、顔に微笑を浮べて一同の前に坐って――彼女には何等死のあとはなかったから。しかし、僧が棺の中から、死人を取り出す事を人々に命じた時、驚きは恐怖となった。それは長い間正座の形を取っていたにも拘らず、その死体は触わると生きているように暖かく、しなやかであったから。

それを葬場へ運んで、僧は筆を取って額と胸と手足に何か聖い功徳（くどく）のある梵字（ぼんじ）

を書いた。それからその屍（しかばね）をもとの場所へ葬る前に、おかめのために施餓鬼（ふせがき）を行うた。

彼女は再び夫の所へ来なかった。八右衛門は次第に健康と力を回復した。しかし彼はいつまでもその約束を守ったかどうか、それは日本の作者は書いていない。

訳　田部隆次

お貞のはなし

昔、越後国新潟の町に長尾長生と云う人があった。

長尾は医者の子であった。それで父の業をつぐべき教育をうけた。小さい時に父の友人の娘お貞と云うのと婚約ができていた。長尾の修行の終り次第婚礼をあげる事に両家とも一致していた。しかしお貞の健康のすぐれない事が分って来た。それから、十五の年にお貞は、不治の肺病にかかった。死ぬことが分った時、彼女は、わかれを告げるために長尾に来てもらった。

長尾が彼女の床のわきに坐ると、彼女は云った。

「長尾さま、私達は子供の時から婚約がきまっていました。そして今年の末に結婚する筈でした。しかし今私は死にかかっています――これも神仏の思召しです。もう何年か生きていましたら私は他人の迷惑や心配の種になるばかりでしょうから。こんな弱いからだではよい妻になれるわけはありません。ですからあなたのために生きていたいと願う事さえ余程我ままな願いでしょう。私全くあきらめています。それであなたも悲しまない事を約束して下さい……それに私達は、又あえると思います。それをあなたに云いたいのです」……

「本当だ、又あえるとも」長尾は熱心に答えた。

「そしてあの浄土では別れると云う苦痛はないのだから」

「いいえ、いいえ」彼女は静かに答えた。「浄土での事ではありません。明日葬られますけれども——この世で再びあう事にきまっていると信じています」

長尾は不思議そうに彼女を見た。彼の不思議そうにしているのを見て、微笑している彼女を見た。

彼女はおだやかな夢のような声で続けた——

「そうです。この世のつもりです——あなたのこの今の世でです。長尾さま……全くあなたもおいやでなければ。……ただそうなるために私も一度子供に生まれかわって女に成人せねばなりません。それまで、あなたは待っていて下さるでしょう。十五年、十六年、長い事ですね……しかし私の約束の夫のあなたは今やっと十九です……」

彼女の臨終を慰めようと思うばかりに、彼はやさしく答えた。

「私の約束の妻、あなたを待っている事は義務であり又嬉しい事です。私共は七生の間お互いに誓ってあるのです」

「しかしあなたは疑いますか」彼女は彼の顔を見つめながら尋ねた。

「他人のからだになって、他人の名になっているあなたが分るかどうか疑われます――何か、しるしか証拠を私に云ってくれなければ」彼は答えた。

「それはできません」彼女は云った。「どこでどうしてあうか神仏だけが御存じです。しかしきっと本当にきっと、もしあなたがおいやでなければ私はあなたの所へかえって来る事ができます……それだけ覚えていて下さい」

彼女はものを云わなくなった。それから眼を閉じた。彼女は死んでいた。

長尾は心からお貞になついていた。それだけに彼の悲しみは深かった。彼はお貞の俗名を書いた位牌を造らせた。そしてその位牌を仏壇に置いて、毎日その前に供物を捧げた。彼はお貞が丁度死ぬ前に云った不思議な事について色々考えた。そして彼女の魂を慰めようと思って、もし彼女が他人の体でかえってくる事があったら、彼女と結婚しようと云う真面目な約束を書いた。この書附にした約定に彼の印を捺し、それを封じて仏壇にあるお貞の位牌のわきに置いた。

しかし長尾は一人息子であったから、結婚する事が必要であった。彼は家族の願いに余儀なく従って、父の選んだ妻を迎えねばならなくなった。結婚してからも続いて、お貞の位牌の前に供物を捧げた。そしていつも情け深く彼女を覚えていた。しかし彼女の姿は、彼の記憶から次第にうすくなって行った——思い出し難い夢のように。そして歳月はすぎ去った。

その歳月の間に多くの不幸が彼の身の上に起った。両親がなくなった——それから彼の妻と一人児がなくなった。それで彼はこの世界に只一人となった。彼は淋しい家を捨てて悲しみを忘れるために長い旅に上った。

旅の間に、ある日、温泉とその周囲の美しい風景とのために、今も名高い山の村、伊香保についた。彼の泊った村の宿で、一人の若い女が彼の給仕に出た。彼女の顔を初めて見て、未だかつて覚えない程の胸のとどろきを覚えた。それ程不思議にも彼女はお貞にそっくりなので、彼は夢でないかと、自分をつねって見た程であった。彼女が火やお膳を運んだり部屋をかたづけたりして、行ったり来たりする時――彼女の立居振舞は彼が若い時の約束の少女の貴き記憶を彼に起させた。彼は彼女に話しかけた。彼女は柔らかなはっきりした声で答えた。その声の美しさは、ありし日の悲しさで、彼を悲しくさせた。

それで彼は甚（はなは）だ不思議に思って、こう彼女に問うた――

「ねえさん、あなたは昔、私の知っていた人にあまりによく似ているので、あなたがこの部屋へ初めてはいって来た時、びっくりしましたよ。それで失礼だが、あなたの郷里と名前をきかして下さい」

直ちに——亡くなった人の忘れられない声で——彼女は答えた。

「私の名はお貞です。そしてあなたは私の許嫁の夫、越後の長尾長生さんです。十七年前、私は新潟で死にました。それからあなたは、もし私が女のからだをしてこの世にかえって来れば、私と結婚すると云う約束を書附になさいました——そしてあなたはその書附に判を捺して封をして、仏壇の私の名のある位牌のわきに納めました。それで私帰って参りましたの」

彼女はこの最後の言葉を発した時、知覚を失った。

長尾は彼女と結婚した。そしてその結婚は幸福であった。しかしその後どんな時にも彼女が伊香保で彼の問に対する答において、何を云ったか思い出せない。なお彼女の前世については何も覚えていない。その面会の刹那に不思議に燃え上った前世の記憶は、再び暗くなって、そしてそれから後そのままになった。

訳　田部隆次

忠五郎のはなし

昔、江戸小石川に鈴木と云う旗本があって、屋敷は江戸川の岸、中の橋に近い所にあった。この鈴木の家来に忠五郎と云う足軽がいた。容貌の立派な、大層愛想のいい、怜悧な若者で、同僚の受けもはなはだよかった。

忠五郎は鈴木に仕えてから数年になるが、なんら非難の打ち所のない程身持もよかった。しかし遂に他の足軽は、忠五郎が毎夜、庭から抜け出して明け方少し前までいつもうちにいない事を発見した。初めは、この妙な挙動に対して誰も何にも云わなかった。その外出のために日常の務めに故障を来たす事がなかったのと、またそれは何かの恋愛事件であるらしかったからであった。しかし暫くして、彼は蒼白く衰えて来たので、同僚は何か重大な間違いでも起らぬように、干渉する事にした。そこである晩忠五郎が丁度家を抜け出そうとする時、一人の年取った侍が彼をわきへ呼んで云った。

「忠五郎殿、御身が毎晩、出かけて、明け方までうちに居られない事は、我々皆知っている。それから見たところ顔色もよくない。どうも御身は悪友と交って健康を害しているのではないか。その行いに相当の弁解ができないとこの事を役頭まで届けて出なければならない。いずれにしても我々は御身の同僚でまた友人であるから、御身がこの家の掟に反して夜分外出なさる理由を承るのが正当じゃ」

　そう云われて忠五郎は大層当惑し、また驚愕したらしかった。暫くは黙っていたが、やがて、彼は庭に出た。同僚もそのあとに続いて出た。二人が他の人に聞かれない所まで来たとき忠五郎は止って云った。

　もう一切申します。しかしどうか内密にしておいて下さい。もし私の云う事を洩らされると、一大不幸が私の身にふりかかります。

　五ヶ月程前の事です。私がこの恋のために初めて夜外出しましたのは、ことしの春の初めの事でした。ある晩私は、両親を訪れて屋敷へ帰ろうとする途中、表門から遠くない川岸に婦人が一人立っているのを見ました。みなりは上流の人のようでした。それで私はそんな立派な装いの婦人がこんな時刻に一人そこに立っているのが変だと思いました。しかし私はそんな事をその婦人に尋ねる理由はないと思いましたので、何も云わずにわきを通ろうと致しますと、その婦人は前へ出て私の袖を引きました。見ると大層若い綺麗な人でした。「あの橋まで私と一緒に歩いて下さいませんか。あなたに申し上げる事がありますす」と女は云いました。その声は大層柔らかな気もちのよい声でした。それから物を云う時、にっこりしました。そのにっこりには勝てませんでした。そこで私も一緒に橋の方へ歩きました。その途中女は私が屋敷へ出入りするのをこれまで度々見ていて好きになったと云います。「私はあなたを夫に持ちたい。あなたは私が嫌いでなければお互いに幸福になれます」と云いました。何と答えてよいか分らなかったが、大層綺麗な女だと思いました。橋に近づくと女はまた私の袖を引いて堤を下りて川の丁度ふちまで連れて行きました。「一緒にいらっしゃい」そうささやいて川の方へ私を引きました。御承知の通りあそこは深い所です。それでにわかに女がこわくなって引きかえそうと致しました。女はにっこりして私の手首を握って「私と一緒ならこわくはありません」と云いました。どうしたわけか、その女の手にさわられると私は赤ん坊よりも意気地なくなりました。夢の中で走ろうとしても手も足も動かせない時のような気が致しました。女は深い水の中へ踏み込んで、一緒に私を引き込みました。それから何も見えも聞こえも感じもしなかったが、気がついてみると大層明るい大きな御殿らしい所を女とならんで歩いていました。濡れてもいなければ寒くもありません。周囲のものは一切乾いて暖く綺麗でした。私はどこへどうして来たのだか分りません。女は私の手を引きながら案内して部屋から部屋へと通りぬけて行きました――その部屋の数の多い事は限りがない程で、それがみな空でした。しかし非常に立派でした――最後に千畳敷の客間に参りました。向うの床の間の前に灯がともっていて、宴会のように座布団が並べてあったが、客は見えない。女は私を床の間の上座に案内して、自分はその前に坐って云いました。「これが私の家です。ここで私と幸福に暮らされると思いませんか」こう尋ねながらにっこりしました。私はこのにっこりが全世界の何よりも綺麗だと思いました。それで心から「ええ……」と答えました。同時に私は浦島の話を想い出してこれは神女かも知れないと思いましたが、こわくて何も聞かれませんでした……やがて女中達が入って来て、酒肴を私共の前に置きました。それから私の前に坐った女は「私がおいやではないなら、今晩婚礼の式を挙げましょう。これが結婚の御馳走です」と云いました。七生までの誓いをして、宴会の後、用意の部屋へ案内されました。

私を起してくれたのは朝まだ早い頃でした。その時女は「あなたはもう私の夫です。しかし今私から云われない、あなたも聞いてはならないわけがあって、この結婚を秘密にしておく事が必要です。

夜明けまであなたをここに置いては二人ともの生命が危くなりましょう。それで御願いですから、御主人の屋敷へあなたを送りかえしても機嫌を悪くしないで下さい。今夜また、それから、これからも毎晩、初めてお会いしたあの時刻にお出でになって下さい。いつでも橋のわきで私を待っていて下さい。長くはお待たせしませんから。しかし何よりもよく覚えていて下さい。この結婚は秘密ですよ。それからもしこの事を人に話したら、もう永久に別れなければならなくなりますよ」

私は何事も女の云う通りにする約束をしました――浦島の運命を想い出しながら――それから女は誰もいない綺麗な部屋を沢山通りぬけて、入口まで私を案内しました。そこで私の手首を取ると、また一切のものが不意に暗くなって覚えが無くなったが、気が付くと中の橋の近くの川岸に独りで立っていました。屋敷へ帰りましたがまだ寺の鐘が鳴り出しませんでした。

夕方女の云った時刻にまた橋のところへ参りますと女が待っていました。前のように私を深い水の中へ、それから婚礼の晩をすごした不思議な所へ連れて行きました。それから毎晩、同じ様にその女と会っては別れました。今晩も必ず私を待っています。女に失望させるよりはいっそ死にたいのですから私は行かねばなりません……しかし御願いです。私が今申し上げた事は誰にも決して云わないで下さい。

年寄の足軽はこの話を聞いて驚きかつ恐れた。忠五郎は偽りのない白状をしていると感じたが、その白状は不快な事を色々思わせた。あるいはこの経験は迷いかも知れない、禍心を有せる魔の力が起させる迷いかも知れない。しかしもし本当に魅（ばか）されているのなら、この若者は叱るよりむしろ憐れむべきものであった。それで無理に干渉がましき事をすれば却って害になると老人は思った。そこで足軽はやさしく答えた。

「誰にも決して云わない――少くとも君が達者で生きているうちは。それでは行ってその女に会い給え。しかし――用心し給え。君は何か悪いものに魅されていはしないかと心配しているんだ」

忠五郎は老人の忠告を聞いて微笑して、急いで去った。数時間の後、妙に落胆した様子をして屋敷へ帰った。「会ったかね」と老同僚はささやいた。

「いいえ」忠五郎は答えた。「いませんでした。初めてそこにいませんでした。もう再び私には会いますまい。あなたにお話したのは私の誤りでした——約束を破ったのはこの上もない愚かな事でした……」相手は慰めようとしたが駄目であった。忠五郎は倒れて、もう物を云わない。悪寒のように、彼は頭から足までふるい出した。

暁を知らせる寺の鐘が鳴り出した時、忠五郎は起き上ろうとしたが、生気もなく倒れた。たしかに病気――助からぬ病気になった。漢方医が招かれた。

「はて、この人には血がない」とその医師は丁寧に診察してから云った。「この人の脈管には水ばかりしかない。これはむつかしい病人だ……まあ、なんと云う因業な事だろう」

忠五郎の生命を助けるためにできるだけの事はなされた――しかし駄目であった。日暮に彼は死んだ。それから彼の老同僚はその初めからの話をした。

「ああ、私もそれを疑ってみる所であった」医者は叫んだ……「どんな力もそれなら助けることはできない。その女に生命を取られたのはこの人が初めてではない」

「誰ですか、その女は——それとも何ですか、その女と云うのは」足軽は尋ねた——「狐ですか」

「いいや、昔からこの川に出ているのです。若い人の血が好きなのです……」
「蛇ですか――龍ですか」
「いや、いや、君が昼、あの橋の下で見たら実に
いやな動物に見えるでしょうが」
「と云うと、どんな動物なんでしょう」
「ただの蟇（がま）さ――大きな醜い蟇さ」

訳　田部隆次

幽霊滝の伝説

伯耆の国、黒坂村の近くに、一条（ひとすじ）の滝がある。幽霊滝と云うその名の由来を私は知らない。滝のそばに滝大明神と云う氏神の小さい社があって、社の前に小さい賽銭箱がある。その賽銭箱について物語がある。

今より三十五年前、ある冬の寒い晩、黒坂の麻取り場に使われている娘や女房達が一日の仕事を終ったあとで炉のまわりに集って、怪談に興じていた。はなしが十余りも出た頃には大概のものはなんだか薄気味悪くなっていた。その時その気味悪さの快感を一層高めるつもりで、一人の娘が「今夜あの幽霊滝へひとりで行って見たらどうでしょう」と云い出した。この思いつきを聞いて一同は思わずわっと叫んだが、また続いて神経的にどっと笑い出した……そのうちの一人は嘲るように「私は今夜取った麻をその人に皆上げる」と云った。

「私も上げる」「私も」と云う人が続いて出て来た。四番目の人は「皆賛成」と云い切った……その時安本お勝と云う大工の女房が立ち上った――この人は二つになる一人息子を暖かそうに包んで、背中に寝かせていた。「皆さん、本当に皆さんが今日取った麻を皆私に下さるなら、私幽霊滝に行きます」と云った。その申し出は驚きと侮りとを以て迎えられた。しかし、度々くりかえされたので一同本気になった。麻取りの人達は、もしお勝が幽霊滝に行くようならその日の分の麻を上げると、銘々くりかえして云った。「でもお勝さんが本当にそこへ行くかどうか、どうして分ります」と鋭い声で云ったものがあった。一人のお婆さんが「さあ、それなら賽銭箱をもって来てもらいましょう。それが何よりの証拠になります」と答えた。お勝は「もって来ます」と云った。それから眠ったこどもを背負ったままで戸外へ飛び出した。

その夜は寒かったが、晴れていた。人通りのない往来をお勝は急いだ。身を切るような寒さのために往来の戸はかたく閉ざしてあった。村を離れて、淋しい道を――ピチャピチャ――走った。左右は静かな一面に氷った田、道を照らすものは星ばかり。三十分程その道をたどってから、崖の下へ曲り下って行く狭い道へ折れた。進むに随って路は益々悪く益々暗くなったが、彼女はよく知っていた。やがて滝の鈍いうなりが聞えて来た。もう少し行くと路は広い谷になって、そこで鈍いうなりが急に高い叫びになっている。そうして彼女の前の一面の暗黒のうちに、滝が長く、ぼんやり光って見える。かすかに社と、それから、賽銭箱が見える。彼女は走り寄って――それに手をかけた……

「おい、お勝」不意に、とどろく水の上で警戒の声がした。

お勝は恐怖のためにしびれて――立ちすくんだ。

「おい、お勝」再びその声は響いた——今度はその音調はもっと威嚇的であった。

しかしお勝は元来大胆な女であった。直ちに我にかえって、賽銭箱を引っさらって駆け出した。往来へ出るまでは、彼女を恐がらせるものをそれ以上何も見も聞きもしなかった。そこまで来て足を止めてほっと一息ついた。それから休まず——ピチャピチャ——駆け出して、黒坂村について麻取り場の戸をはげしくたたいた。

息をきらして、賽銭箱をもってお勝が入って来た時、女房や娘達はどんなに叫んだろう。彼等は息をとめて話を聞いた。幽霊滝から二度まで名を呼んだ何者かの声の話をした時に彼等は同情の叫びをあげた……何と云う女だろう。剛胆なお勝さん……麻を皆上げるだけのねうちは充分にある……

「でもお勝さん、さぞ赤ちゃんは寒かったでしょう」お婆さんは云った。「もっと火のそばへつれて来ましょう」

「おなかが空いたろうね」母親は云った。「すぐお乳を上げますよ」……「かわいそうにお勝さん」お婆さんはこどもを包んであるはんてんを解く手伝いをしながら云った――「おや、背中がすっかりぬれていますよ」それからこの助手（すけて）はしゃがれ声で叫んだ。「アラッ、血が」

解いたはんてんの中から床に落ちたものは、血にしみたこどもの着物で、そこから出ているものは、二本の大層小さな足とそれから二本の大層小さな手――ただそれだけ。
こどもの頭はもぎ取られていた。

訳　田部隆次

茶碗の中

読者はどこか古い塔の階段を上って、真黒の中をまったてに上って行って、さてその真黒の真中に、蜘蛛の巣のかかった所が終りで他には何もないことを見出したことがありませんか。あるいは絶壁に沿うて切り開いてある海ぞいの道をたどって行って、結局一つ曲るとすぐごつごつした断崖になっていることを見出したことはありませんか。こういう経験の感情的価値は——文学上から見れば——その時起された感覚の強さと、その感覚の記憶の鮮やかさによってきまる。

　ところで日本の古い話し本に、今云った事と殆（ほと）んど同じ感情的経験を起させる小説の断片が、不思議にも残っている……多分、作者は無精だったのであろう。あるいは出版書肆（しょし）と喧嘩したのであろう。いや事によれば作者はその小さな机から不意に呼ばれて、かえって来なかったのであろう。あるいはまたその文章の丁度真中で死の神が筆を止めさせたのであろう。とにかく何故この話が結末をつけないで、そのままになっているのか、誰にも分らない……私は一つ代表的なのを選ぶ。

天和四年一月一日——即ち今から二百二十年前——中川佐渡守が年始の回礼に出かけて、江戸本郷、白山の茶店に一行とともに立寄った。一同休んでいる間に、家来の一人——関内と云う若党が余りに渇きを覚えたので、自分で大きな茶碗に茶を汲んだ。飲もうとする時、不意にその透明な黄色の茶のうちに、自分のでない顔の映っているのを認めた。びっくりしてあたりを見回したが誰もいない。茶の中に映じた顔は髪恰好から見ると若い侍の顔らしかった。不思議にはっきりして、中々の好男子で、女の顔のようにやさしかった。それからそれが生きている人の顔である証拠には眼や唇は動いていた。この不思議なものが現れたのに当惑して、関内は茶を捨てて仔細に茶碗を改めてみた。それは何の模様もない安物の茶碗であった。関内は別の茶碗を取ってまた茶を汲んだ。また顔が映った。関内は新しい茶を命じて茶碗に入れると――今度は嘲りの微笑をたたえて――もう一度、不思議な顔が現れた。しかし関内は驚かなかった。「何者だか知らないが、もうそんなものに迷わされはしない」とつぶやきながら――彼は顔も何も一呑みに茶を飲んで出かけた。自分ではなんだか幽霊を一つ呑み込んだような気もしないではなかった。

同じ日の夕方おそく佐渡守の邸内で当番をしている時、その部屋へ見知らぬ人が、音もさせずに入って来たので、関内は驚いた。この見知らぬ人は立派な身装（みなり）の侍であったが、関内の真正面に坐って、この若党に軽く一礼をして、云った。

「式部平内でござる――今日初めてお会い申した……貴殿は某（それがし）を見覚えならぬようでござるな」

はなはだ低いが、鋭い声で云った。関内は茶碗の中で見て、呑み込んでしまった気味の悪い、美しい顔――例の妖怪を今眼の前に見て驚いた。あの怪異が微笑した通り、この顔も微笑している。しかし微笑している唇の上の眼の不動の凝視は挑戦であり、同時にまた侮辱でもあった。

「いや見覚え申さぬ」関内は怒って、しかし冷やかに答えた――「それにしても、どうしてこの邸へ御入りになったかお聞かせを願いたい」

〔封建時代には、諸侯の屋敷は夜昼ともに厳重にまもられていた。それで、警護の武士の方に赦すべからざる怠慢でもない以上、無案内で入る事はできなかった〕

「ああ、某に見覚えなしと仰せられるのですな」

その客は皮肉な調子で、少し近よりながら、叫んだ。「いや某を見覚えがないとは聞えぬ。今朝某に非道な害を御加えになったではござらぬか……」

関内は帯の短刀を取ってその男の喉を烈しくついた。しかし少しも手答えがない。同時に音もさせずその闖入（ちんにゅう）者は壁の方へ横に飛んで、そこをぬけて行った……壁には退出の何の跡をも残さなかった。丁度蝋燭の光が行燈の紙を透るようにそこを通り過ぎた。

関内がこの事件を報告した時、その話は侍達を驚かし、また当惑させた。その時刻には邸内では入ったものも出たものも見られなかった。それから佐渡守に仕えているもので「式部平内」の名を聞いているものもなかった。

その翌晩、関内は非番であったので、両親とともに家にいた。余程おそくなってから、暫時の面談をもとめる来客のある事を、取次がれた。刀を取って玄関に出た。そこには三人の武装した人々――明らかに侍達――が式台の前に立っていた。三人は恭しく関内に敬礼してから、そのうちの一人が云った。

「某等は松岡文吾、土橋久蔵、岡村平六と申す式部平内殿の侍でござる。主人が昨夜御訪問いたした節、貴殿は刀で主人をお打ちになった。怪我が重いから疵の養生に湯治に行かねばならぬ。しかし来月十六日にはお帰りになる。その時にはこの恨みを必ず晴らし申す……」

それ以上聞くまでもなく、関内は刀をとってとび出し、客を目がけて前後左右に斬りまくった。しかし三人は隣りの建物の壁の方へとび、影のようにその上へ飛び去って、それから……

ここで古い物語は切れている、話のあとは何人かの頭の中に存在していたのだが、それは百年このかた塵に帰している。

私は色々それらしい結末を想像することができるが、西洋の読者の想像に満足を与えるようなのは一つもない。魂を飲んだあとの、もっともらしい結果は、自分で考えてみられるままに任せておく。

訳　田部隆次

底本と表記について

本書は、青空文庫の小泉八雲作品を底本とした。表記については、現代仮名遣いを基調としている。ルビについては、小型活字を避けるという、本書の性格上、できるだけ省略し、必要に応じて、（）に入れる形で表示した。

シルバー文庫発刊の辞

21世紀になって、科学はさらに発展を遂げた。日本も、多くのノーベル賞受賞者を輩出していることに見られるように、20世紀来、この発展に大きく寄与してきた。科学の継承発展のために、理系教育に重点が置かれつつある趨勢も、この状況に因るものである。

一方で、文学は停滞しているように思われる。

日本のノーベル文学賞受賞者は、川端康成と大江健三郎の二人の小説家のみであり、詩歌人にいたっては皆無である。しかし、短く設定しても千五百年に及ぶ、日本の文学の歴史は豊饒であり、明治文学だけでも、夏目漱石・森鷗外・与謝野晶子・石川啄木と、個性と普遍性を兼ね備えた、作家・詩歌人は枚挙にいとまがない。

ぺんで舎は、科学と同じように、文学もまた継承発展すべきものと考える。先に挙げた文学者たちの作品をはじめ、今後も読まれるべき文学、あるいはこれから読まれるべき文学を、新しい形で、世に送っていく。その第一弾として、大活字・軽量で親しみやすく、かつ上質な文学シリーズである、シルバー文庫をここに発刊する。

もし現代文学が、停滞どころか巷間囁かれているように衰退しているなら、ぺんで舎が志向するのは、「文学の復権」に他ならない。

ぺんで舎　佐々木 龍

ぺんで舎
Silver
シルバー文庫

シルバー文庫　こ1-1
大活字本　怪談

2024年12月15日　初版第1刷発行

著　者　小泉　八雲
発行者　佐々木　龍
発行所　ぺんで舎
〒750-0078 山口県下関市彦島杉田町1-7-13
TEL/FAX 083-237-9171
印　刷　株式会社吉村印刷
装　幀　Shiealdion

落丁・乱丁本は小社宛へお送りください。
送料は小社負担にてお取替え致します。

価格はカバーに表示してあります。
Printed in Japan
ISBN978-4-9912544-2-0 C0193